Alex et Tommy Blaquière

c o   *n*

D0776201

L'HEURE PLAISIR
Tic•Tac

▼

Romans jeunesse

Depuis le 1er avril 2004, les Éditions HRW affichent
une nouvelle raison sociale, soit Éditions Grand Duc ▪ HRW.

Éditions Grand Duc ▪ HRW
Groupe Éducalivres inc.
955, rue Bergar, Laval (Québec) H7L 4Z6
Téléphone : (514) 334-8466 ▪ Télécopie : (514) 334-8387
InfoService : 1 800 567-3671

L'Heure Plaisir Tic•Tac

▼

Déjà parus dans cette collection:

Le mystérieux monstre du lac

▼

Yvan Pelletier

Le mystérieux monstre du lac
Pelletier, Yvan
Collection L'Heure Plaisir Tic•Tac

© 2004, **Éditions Grand Duc ▪ HRW,** une division du Groupe Éducalivres inc.
Tous droits réservés

Nous reconnaissons l'aide financière du gouvernement du Canada
par l'entremise du Programme d'aide au développement de l'industrie
de l'édition (PADIÉ) pour nos activités d'édition.

ILLUSTRATIONS : Yves Boudreau

CODE PRODUIT 3462
ISBN 0-03-928830-7

Dépôt légal – 3e trimestre
Bibliothèque nationale du Québec, 2004
Bibliothèque nationale du Canada, 2004

Imprimé au Canada
1 2 3 4 M 3 2 1 0 9 8 7 6 5 4

Table des chapitres

▼

Liste des personnages de ce récit

▼

Au besoin, consulte cette liste pour retrouver l'identité d'un personnage.

Personnages principaux

Grégoire :
un élève de 5e année, intelligent et intrépide, qui aime l'aventure et l'action.

Ara : un élève de 5e année, inséparable ami de Grégoire, surdoué, crack en sciences et en maths, à l'allure et au langage un peu bizarres.

Marie-Laurence :
une élève de 6e année, sœur de Grégoire, grande amie d'Anaïs, forte et débrouillarde.

Anaïs :
une élève de 6e année, amie de Marie-Laurence, fille spontanée qui s'exclame toujours.

Personnages secondaires

M. Beaudry :
> l'enseignant de la classe
> de 6e année.

Mme Madore :
> l'enseignante de la classe
> de 5e année.

Mme Lepître :
> l'enseignante que l'on fête
> parce qu'elle prend sa retraite.

Élèves de 5e et de 6e année :
> des personnages qui
> se manifestent à l'occasion.

M. et Mme Latendresse :
> les parents de Grégoire et
> de Marie-Laurence.

M. Zorahbian :
> le père d'Ara.

Le professeur Tournedos :
> un membre du Centre
> de recherche en cryptozoologie.

M. Boisvert :
> le « dracontologue » de Magog.

Chapitre 1

Dernière journée
à l'école !

La dernière journée de classe, on en rêve depuis longtemps. On sent que ce n'est pas une journée comme les autres. Puis, quand elle arrive, on se sent joyeux... et un peu triste. Certains ne verront plus leurs amis pendant quelque temps. Pendant tout l'été, parfois !

LA – LA – LA – LA – LA... Le carillon annonce la fin de la récréation et le retour en classe. Au lieu de la traditionnelle cloche, on entend maintenant quelques notes de *L'Hymne à la joie* de Beethoven. Moins agressant pour les tympans et plus invitant, dit-on. Hum ! Pour ce qui est de la joie quand vient le temps de retourner en classe, on repassera. Mais pour la récréation et la fin des cours, ça convient tout à fait !

Dès le premier LA, comme à l'accoutumée, Ara franchit la porte de la cour de récréation. Il a synchronisé sa montre avec l'horloge de l'école et M. Retard ne le connaît pas. M. En avance non plus !

Comme mus par un réflexe conditionné, les élèves se regroupent et se placent en rangs pour regagner leur classe respective.

— Vous pouvez rester dehors plus longtemps, claironne M. Beaudry à travers sa moustache grise en broussaille.

On carillonnera de nouveau quand ce sera le temps de rentrer.

Les élèves jubilent. Les rangs se défont aussitôt et des grappes d'enfants se reforment. Plusieurs élèves sont rassemblés autour de Mme Lepître qui jette un œil sur la cour. Elle est envahie de mains de filles qui se collent à elle comme des sangsues d'amour. C'est sa dernière journée à elle aussi, mais sa VRAIE dernière journée. Elle prend sa retraite. Elle a enseigné en 1re année durant presque toute sa carrière. Elle sera fêtée aujourd'hui.

Le soleil fait plisser les yeux et il fait déjà chaud. Grégoire, vêtu d'un jean et d'un t-shirt rayé, s'assoit près de la clôture avec un groupe d'amis. Par on ne sait trop quelle magie, Grégoire attire les amis. Un peu comme les fleurs attirent les papillons. Grégoire, c'est un aimant d'amitié. On l'appelle Grégoire et cop. « Cop. » pour copains.

Il regarde Mme Lepître et songe comme le temps passe vite. Déjà la fin de sa 5e année! Pourtant, il a l'impression qu'hier encore il était l'élève de Mme Lepître en 1re année!

— Hé! Ara, qu'est-ce qui te pendouille au cou ce matin? s'exclame Anaïs, l'œil gris et interrogateur.

Ara arrive, le jean froissé, la mèche droite et rebelle, le regard encore embrumé par le sommeil.

— On t'a mis une médaille pour te retrouver au cas où tu te perdrais? se moque Marie-Laurence en faisant onduler sa chevelure brune.

Le groupe éclate de rire. Ara s'approche et s'assoit près de Grégoire.

— C'est quoi cet instrument que tu traînes sur toi ce matin? demande Grégoire avec curiosité. On dirait une grosse boussole.

Ara sort lentement de sa torpeur. Tout semble très lent chez Ara, mais les apparences sont trompeuses, surtout dans son cas. Ce garçon un peu dégingandé, au regard rêveur et à la mèche hirsute est un véritable crack dans tout. Un cerveau de lièvre dans un corps de tortue.

Son regard s'allume, graduellement, comme s'il était contrôlé par un rhéostat.

— Hum ! voyez-vous les amis, je ne dirais pas que c'est une boussole, mais que ça l'est aussi. C'est...

— Branche-toi, Ara ! dit Anaïs impatiente, c'est une boussole ou ce n'en est pas une. Ce n'est pas compliqué. Oui ou non ?

— Laisse-le parler Anaïs, coupe Marie-Laurence. Alors Ara, c'est quoi cette grosse médaille en plastique ?

Le regard noir d'Ara brille, l'intensité est maintenant au maximum.

— Hum ! voyez-vous les amis, ce n'est pas une médaille à cabot comme le dit

Marie-Laurence, même s'il m'arrive parfois de décoder le jappement de la gent canine. On appelle cet instrument un GPS.

— Un quoi ? s'exclame Anaïs.

— G-P-S, répète Grégoire, moqueur. GPS : Garçon – Perdu – Souvent. Voilà, GPS ! Ça convient très bien à Ara, n'est-ce pas ?

Ils éclatent de rire, mais Ara ne s'occupe pas d'eux. Il manipule son GPS avec application.

— Hum ! voyez-vous les amis, je suis exactement à 1,42 kilomètre de la maison. Il est exactement 8 h 53 min 17 s. Nous sommes à 492 mètres au-dessus du niveau de la mer. Ce matin, le soleil s'est levé à...

— Waouh ! Elle en dit des choses ta médaille de pitou mon Ara, déclare Marie-Laurence. Peut-elle prédire le temps qu'il fera ?

— Hum ! Non, réplique Ara, mais

elle peut donner un tas d'autres renseignements.

— Tu l'apportes avec toi pendant tes vacances dans les Cantons-de-l'Est, ton bidule ? demande Anaïs.

— Hum ! Bien sûr ! C'est pour cela que mon père me l'a offert en cadeau.

Grégoire prend l'instrument dans ses mains. Il appuie sur des boutons qui se transforment aussitôt en chiffres, en lettres et en symboles. Il lit, mais il ne comprend rien.

— C'est vraiment du chinois pour moi, dit-il.

— Moi, je préfère le pâté chinois, s'exclame la rouquine Anaïs, se croyant drôle. Elle aime bien manger, Anaïs, ses rondeurs en témoignent. Et quand on parle de nourriture, elle s'exprime.

— Au fait, demande sérieusement Marie-Laurence, c'est quoi au juste un GPS ?

— Hum ! voyez-vous les amis, GPS

sont les premières lettres de **G**lobal **P**ositioning **S**ystem. C'est un appareil de navigation par satellite qui peut transmettre une foule de renseignements. Ça sert, entre autres, aux forces armées, à la navigation aérienne et navale… et à M. ou Mme Tout-le-monde, comme vous et moi.

— Quand on comprend comment ça fonctionne, dit Grégoire. Actuellement, ça ne me servirait à rien du tout !

— Hum ! Je vais te montrer...

LA – LA – LA… Voilà la symphonie qui recommence. Ara n'a pas le temps d'entamer ses explications et Grégoire reste intrigué par cet objet étrange. Ils rejoignent les élèves qui retournent en classe sous le regard bienveillant de M. Beaudry.

— Pourquoi le père d'Ara a-t-il jugé important que son fils apporte un GPS dans les Cantons-de-l'Est ? pense secrètement Grégoire.

Chapitre 2

Adieux… et projets de vacances

La classe est dénudée. Elle semble déjà s'être assoupie pour les vacances. Il ne reste plus rien sur les murs, et les pupitres ont le ventre vide. En ouvrant le couvercle de son pupitre, Grégoire est surpris de tout l'espace disponible. Pourtant, il avait toujours du mal à y ranger ses livres ou ses cahiers. Bizarre !

Les élèves discutent entre eux tandis que Mme Madore griffonne dans son cahier avant de lever les yeux sur les élèves.

— Voilà ! Nous en sommes à notre dernière journée ensemble et...

Grégoire appuie sa tête blonde sur sa main posée sous son menton. Il écoute distraitement avant de plonger dans le passé. Il pense à tout ce chemin parcouru. Cette année, il a usé plus de crayons et gribouillé plus de feuilles que toutes les autres années. Ce sera peut-être encore pire l'an prochain. Bah ! Après tout, ça n'a pas été si terrible !

— ... projets de vacances ?

Grégoire revient à la réalité. Plusieurs ont la main levée et attendent leur tour pour parler. Il écoute les projets des élèves pour l'été. Certains iront à la mer, en Gaspésie, dans les Maritimes ou sur la côte est des États-Unis. D'autres feront du camping et visiteront de nouvelles régions. Il y a même des chanceux qui passeront quelques jours à Walt Disney World. Pour certains, rien de particulier n'est prévu.

— Et toi, Grégoire, feras-tu quelque chose de spécial durant les vacances?

— Mes parents ont loué un chalet dans les Cantons-de-l'Est, madame. On part demain matin.

— Ah oui!, dans les Cantons-de-l'Est?

— Hum! Sur le bord du lac Memphrémagog, ajoute Ara. Grégoire m'a invité à passer quelques jours avec sa famille et je suis très content.

— Le lac Memphrémagog? N'est-ce pas dans ce lac que vit le monstre marin – comment l'appelle-t-on déjà? – sur lequel tu as fait une recherche, Ara?

— Hum! C'est exact, madame. On l'appelle Memphré.

— Nous irons à la pêche au monstre, madame Madore. Rien que d'y penser, j'en tremble..., dit Grégoire.

Toute la classe s'esclaffe. Ara continue de jouer avec son GPS et tous les yeux sont rivés sur lui.

— Hum ! Nous allons nous aventurer sur le territoire de cet animal mystérieux, madame. Plusieurs l'ont déjà vu et ont pu en donner une description assez précise. Peut-être allons-nous arriver face à face avec lui ! Ce sera intéressant !

Un frisson parcourt l'échine de quelques élèves qui avaient été vraiment impressionnés par la présentation d'Ara. Un monstre marin, ça ne court pas les rues, vous savez !

LA – LA – LA... La musique de Beethoven se fait de nouveau entendre. L'échange sur les projets de vacances est interrompu. C'est le moment de descendre dans la grande salle pour la dernière fête de l'année et les adieux à Mme Lepître.

***

Dans la salle, le directeur de l'école joue au chef d'orchestre. La cérémonie se déroule devant une nuée de parents qui ne veulent pas manquer la performance musicale, vocale ou artistique de leur enfant.

Applaudissements et numéro suivant. Puis, c'est le moment de souligner le départ définitif de Mme Lepître. Pendant la présentation et la rétrospective de sa carrière, celle-ci s'efforce de ravaler la boule d'émotion qui lui serre la gorge. Ensuite, les élèves, habilement menés par M. Beaudry qui s'y connaît bien en musique, se mettent à chanter *Adieu M. le professeur.*

C'est l'apothéose ! Le déluge devrait-on dire !

Mme Lepître fond en larmes.

En rappel, les élèves entonnent *Adieu Mme la professeure.*

Plusieurs élèves imitent la future retraitée et se mettent à pleurer. À la fin de la chanson, les élèves de toutes les classes viennent lui serrer la main. Les joues de Mme Lepître sont creusées de rigoles où coulent des larmes mêlées de maquillage. Durant sa carrière, elle en a donné de l'amour Mme Lepître et, aujourd'hui, cet amour agit comme un boomerang.

Grégoire a hâte que la cérémonie finisse. Son petit nez retroussé se met à renifler. Il s'efforce de penser à demain, au lac Memphrémagog et à son monstre légendaire.

Il tente tant bien que mal de refouler ses émotions...

***

La fête est finie. La plupart des élèves sont partis. Quelques-uns traînent encore dans la cour. Grégoire et Ara se quittent.

— N'oublie pas ton sac de couchage, ta tente, enfin, tout ce qu'il faut pour camper, monsieur GPS !

— Hum ! Pas de problème. Je n'oublierai pas surtout ceci, répond Ara, en montrant son appareil.

Un coup de klaxon attire son attention. Il lève la tête et regarde au loin.

— Hum ! Voilà le paternel qui arrive. Salut !

— N'oublie pas d'arriver à l'heure, crie Anaïs, assise sur une balançoire. Sa longue crinière rousse et frisée flotte au vent. Marie-Laurence qui se balance à ses côtés ajoute :

— Six heures pile, Ara. Pas de retard, sinon on part sans toi !

Ara court vers la voiture qui l'attend.

— Moi, je n'ai pas peur d'être en retard, lance Anaïs. Je couche chez Marie-Laurence !

Ara envoie la main avant de s'engouffrer dans l'auto.

— Sacré Ara, il ne manquera jamais de nous surprendre ! s'exclame Anaïs.

Un GPS... GROS – PENDULE – SUSPENDU !

Les deux amies s'esclaffent.

— Si on ne l'avait pas, il faudrait l'inventer, ajoute Marie-Laurence en fournissant des efforts pour se balancer plus vite.

Avant de partir, Grégoire s'adresse aux filles sur un ton inquiet.

— Les monstres marins et autres grosses bêtes légendaires, vous en pensez quoi, les filles ?

Les jambes pliées pour amplifier leur élan, elles éclatent de rire.

— Ce sont des histoires pour faire peur aux enfants, lance Marie-Laurence.

— Aurais-tu peur de rencontrer le monstre marin du lac Memphrémagog ? ajoute Anaïs sur un ton moqueur. On ne sait jamais. Il est peut-être bien réel ! Ah ! Ah ! Ah !

Grégoire s'éloigne lentement. Ses idées sont un peu confuses.

Chapitre 3

Changement de décor!

Chez les Latendresse, c'est le branle-bas depuis un bon moment déjà. Le jour se lève et la nuit s'évanouit dans la lumière.

Même si les bagages ont été placés dans la fourgonnette la veille, il reste encore beaucoup à faire. Il y a de l'agitation dans la maisonnée. Les parents vérifient la liste qu'ils avaient dressée afin de ne rien oublier.

Les enfants se disputent la salle de bain pour être prêts à partir à l'heure convenue. On grignote en s'affairant, on se bouscule par accident...

— Oups! Pardon...

— Dépêche-toi, je veux me brosser les dents!

— C'est à qui la rôtie qui brûle? Ce n'est pas la mienne!

Après une dernière vérification, les parents déclarent qu'il est temps de partir.

— Allez, les enfants, c'est l'heure! En voiture! annonce Mme Latendresse.

— Mais maman, dit Grégoire, Ara n'est pas encore arrivé!

— Il avait pourtant promis d'être à l'heure, ronchonne Marie-Laurence, les bras croisés en signe d'impatience.

— On part, tranche Anaïs, qui rougit à travers ses taches de rousseur. Qu'il sèche sur le trottoir!

M. Latendresse s'installe au volant et consulte sa montre. Les deux aiguilles s'alignent à la verticale.

— Voilà, il est maintenant...

M. Zorahbian stationne sa voiture devant la maison. Il descend saluer les vacanciers. Ara rejoint ses amis et monte dans la fourgonnette.

— Tu sais Ara, dit Grégoire, si nous avions écouté les filles, tu aurais passé tes vacances sur le trottoir !

— On aurait pu t'oublier mon cher GPS, souligne Marie-Laurence.

— Et un voilier, sur du béton, ça n'avance pas vite ! ricane Anaïs.

Ara regarde son GPS toujours pendant à son cou. Il semble vouloir prendre des réglages.

— Hum ! Hum ! fait Ara d'un air concentré. J'ai repéré mes trois satellites. Voilà ! Hum ! Les amis, on avait convenu de partir à 6 heures, non ? Mon GPS indique qu'il est exactement

6 h 1 min 33 s. Ça fait 1 min 33 s que je suis arrivé. Je n'ai donc pas de retard ! Voilà...

— Ah non ! pas encore son machin futuriste ? se plaint Anaïs. On n'a pas fini d'en entendre parler !

C'est le moment de partir. La fourgonnette zigzague dans les rues du quartier pour aboutir à l'autoroute. Direction les Cantons-de-l'Est.

***

Après avoir roulé quelques kilomètres sur l'autoroute 30, la fourgonnette prend la bretelle qui mène à la 10. Les jeunes sont tranquilles et observent le panorama qui change graduellement à l'horizon.

— Je me demande pourquoi on donne des numéros aux routes, réfléchit Anaïs à haute voix. La 30, la 20, la 10 ?

— Je ne sais trop, répond Marie-Laurence en bâillant.

— Hum ! Peut-être que celui qui les a

nommées était plus calé en maths qu'en langues, suggère ironiquement Ara.

— Oh! ce qu'il est drôle M. GPS, dit Marie-Laurence, en s'efforçant de rire. Grand – Penseur – Spirituel!

Tout le monde éclate de rire, même les parents.

— Hum! Monsieur Latendresse, mon GPS indique que vous roulez à 126 kilomètres à l'heure. Attention aux contraventions!

— Oups! Merci Ara! dit le conducteur en lâchant l'accélérateur. J'étais distrait.

Après une soixantaine de kilomètres, le paysage change radicalement. L'horizon linéaire de la vallée du Saint-Laurent se transforme en rondeurs qui se succèdent à perte de vue. Les Appalaches montrent fièrement leurs courbes vertes et rocailleuses.

— Ça, c'est le mont Bromont, indique M. Latendresse. On y fait du ski l'hiver.

— On en fait même le soir, ajoute son épouse. Les pistes sont éclairées.

Les jeunes admirent ce nouveau décor qui est très différent de celui qu'ils voient habituellement.

***

— Ara, parle-nous donc un peu de la grosse bête qui a fait sensation dans ta classe, dit Marie-Laurence. On en a entendu parler un peu en 6e année par Grégoire et d'autres élèves, mais on voudrait en savoir plus. Il paraît qu'elle vit dans le lac au bord duquel se trouve le chalet que mes parents ont loué.

— Hum ! Bien sûr que je peux vous en parler.

C'est fascinant vous savez.

— On est tout ouïe, Ara, mon beau perroquet, ricane Anaïs.

— Hum ! Hum ! Vous savez les amis, les choses insolites m'ont toujours passionné. Je m'intéresse particulièrement aux créatures bizarres et étranges...

— Et ça commence le matin, dès qu'il se regarde dans un miroir, coupe Anaïs qui n'a pu s'empêcher de saisir l'occasion.

Tout le monde se met à rire, sauf Ara toujours plongé dans ses réflexions.

— Arrête donc, Anaïs, finit par dire Marie-Laurence. Continue Ara !

— Hum ! Je voulais faire une recherche sur les monstres marins. J'avais pensé la faire sur Nessie, le fameux serpent de mer du Loch Ness en Écosse. Puis, en faisant des recherches, j'ai constaté qu'ici même, au Québec, plusieurs personnes avaient vu, paraît-il, des monstres marins à différents endroits. On parlait de Ponik, le monstre du lac Pohénégamook, situé à la frontière du Québec et du Maine. Il y avait aussi Champ, le légendaire monstre marin du lac Champlain. J'ai finalement choisi Memphré, un serpent de mer qui vivrait dans le lac

Memphrémagog. C'est surprenant toute l'information que j'ai pu trouver !

— Comme quoi ? demande Marie-Laurence de plus en plus intéressée.

— Hum ! D'abord, ce n'est pas d'hier que des gens disent avoir vu cette étrange créature. On trouve des témoignages qui remontent à 180 ans. Même les Amérindiens, qui habitaient sur les rives de ce lac à cette époque, évitaient de s'y baigner. Ils avaient peur d'être surpris par le serpent de mer.

— Elle a l'air de quoi ta bibitte aquatique ? demande Anaïs, intriguée.

— Hum ! Vous savez, on a relevé 215 apparitions jusqu'à maintenant. D'après plusieurs témoignages, cette créature mesurerait de 15 à 20 mètres de long et elle aurait l'allure d'un serpent de mer. Elle serait noire et luisante, avec des yeux proéminents. Elle se déplacerait en ondulant sur l'eau et émettrait des sons bizarres.

— C'est très intrigant, cette histoire de monstre marin, n'est-ce pas? dit Grégoire à ses parents.

Ceux-ci acquiescent en hochant la tête.

— Hum! Il y a des personnes sérieuses qui se sont intéressées à Memphré. Le Dr Heuvelmans, une sommité mondiale en cryptozoologie (c'est l'étude des animaux cachés), s'est prononcé sur l'authenticité probable du monstre marin. D'ailleurs, à Magog, M. Jacques Boisvert, expert en plongée sous-marine, a fondé la Société internationale de dracontologie (c'est une branche de la cryptozoologie) du lac Memphrémagog. C'est lui qui a baptisé officiellement l'étrange créature « Memphré ». Il recueille tous les témoignages concernant le monstre marin et tente de déterminer si l'animal est réel ou légendaire. Vous pouvez même consulter son site

Internet. Vous apprendrez bien d'autres choses.

Une grosse montagne se profile à gauche. C'est le mont Orford. La fourgonnette quitte l'autoroute et se dirige vers Magog.

En arrivant à la ville, M. Latendresse décide de s'arrêter à la tête du lac, place de l'Horloge. Tout le monde descend du véhicule pour se dégourdir un peu. On admire ce lac tout en longueur qui serpente entre des montagnes. Grégoire et Ara se dirigent vers un belvédère et lisent une inscription sur une plaque.

— Les filles, venez voir ce qui est écrit ! s'écrie Grégoire.

Les filles arrivent. Marie-Laurence lit à haute voix : « Site d'observation de créatures lacustres non identifiées. »

— Ça veut dire quoi, « lacustre » ? dit Anaïs.

— Ça signifie « qui vit dans un lac »,

explique Grégoire. Ara nous en avait parlé.

— Créatures – non identifiées – qui vivent dans le lac ! répète lentement Marie-Laurence.

Même s'il fait déjà chaud en ce matin d'été, un long frisson parcourt l'échine des enfants qui scrutent le lac en silence...

Chapitre 4

Si l'on faisait trempette !

La fourgonnette avale encore quelques kilomètres sur une route secondaire bordée d'arbres, en direction de Georgeville. Elle roule ensuite sur un sentier rocailleux et poussiéreux qui descend vers le lac. Le long du chemin, des cèdres se dressent comme d'énormes clôtures.

— On dirait qu'on se promène dans un labyrinthe ! constate Marie-Laurence.

Soudain, le véhicule ralentit et s'arrête. Les cèdres ont cédé la place à une éclaircie qui donne sur le lac.

— Voilà, nous sommes arrivés, dit Mme Latendresse. C'est ici qu'on va passer de belles vacances. Tout le monde descend !

Les jeunes sortent du véhicule et examinent les environs. L'endroit semble assez isolé. Les voisins se font rares. Grégoire et les autres se dirigent vers le chalet. C'est une petite maison en bois rond fort bien entretenue.

— Oh ! Waouh ! s'exclame Marie-Laurence, un vrai chalet en bois rond.

— Une vraie cabane de coureurs des bois, ajoute Anaïs. C'est chouette !

Grégoire ajoute :

— Ce n'est pas chouette, c'est ara. Il ne faut pas se tromper d'oiseau, n'est-ce pas mon ami Ara ?

Celui-ci se contente de sourire en faisant de nouveaux ajustements sur son GPS.

Grégoire met la clé dans la serrure et ouvre la porte. Les autres le suivent pour prendre connaissance des lieux. Les pièces sont propres. Il y a la cuisine, un petit salon assez dénudé et trois petites chambres à coucher.

— Ce sera notre chambre à Anaïs et à moi, déclare Marie-Laurence, sur un ton qui ne souffre pas de réplique. Celle-là, la plus grande, c'est celle de mes parents. Vous, les gars, occuperez la chambre du fond, là où c'est petit et sombre.

Anaïs hoche la tête en signe d'assentiment. Rien à ajouter, tout est parfait ainsi.

Les gars se regardent, résignés.

Chacun défait ses bagages et s'installe. Quel endroit merveilleux pour des vacances ! Et ce lac, quel lac ! Il fait beau, la chaleur est devenue écrasante. Les jeunes ont mis leur maillot de bain et décident d'aller faire trempette. Toutefois, ils hésitent à se jeter à l'eau.

— Je me sens comme les Amérindiens autrefois, déclare Anaïs. J'ai peur de me faire manger les orteils. Je n'ose pas mettre le pied dans l'eau !

— Voyons Anaïs, s'indigne Marie-Laurence. Memphré, ce n'est qu'une légende. C'est une invention, pas la réalité. Pas vrai, Greg ?

— Bien sûr, répond celui-ci sans trop de conviction. Qu'est-ce que tu en dis, Ara ?

— Hum ! Si Memphré est dans le lac aujourd'hui, il n'est sûrement pas affamé !

— Pourquoi dis-tu ça ? demande Anaïs.

— Parce qu'avec le nombre de voiliers et de véliplanchistes qui se promènent partout sur le lac, Memphré

se serait payé un plantureux repas.
Je ne vois pas de problème pour le
moment.

— Le dernier qui se jette à l'eau fera
la vaisselle ce soir ! crie Marie-Laurence
en plongeant dans le lac.

Grégoire la suit et plonge à son tour.
Les doutes d'Anaïs se sont estompés et
l'idée de faire la vaisselle la convainc tout
à fait. Elle rejoint ses amis qui batifolent
dans l'eau. Elle s'arrête, se tourne vers
Ara et crie :

— Tu vois, tu n'aurais pas dû me
rassurer. Viens te mouiller maintenant,
petite poule. Je t'aiderai peut-être à
faire la vaisselle !

***

Les jeunes s'amusent depuis un bon
moment. Ils se tiraillent, se taquinent,
s'arrosent tandis que les parents les
surveillent du coin de l'œil. Anaïs
s'aventure un peu à l'écart.

— Au secours ! À l'aide ! crie-t-elle

de toutes ses forces, on essaie de me saisir par les jambes !

Elle gigote comme un poisson qu'on vient de ferrer. Marie-Laurence se dirige vers son amie, suivie de Grégoire. Ara est surpris et regarde ce qui se passe. Les parents alertés sont aussi dans l'eau.

— Au secours ! J'ai peur, je le savais que Memphré n'était pas loin. Au secours !

Marie-Laurence arrive près d'Anaïs. Elle tend les bras et son amie s'accroche à elle comme à sa dernière bouée. Anaïs s'agrippe de toutes ses forces.

— Du calme, Anaïs, du calme. Qu'est-ce qui s'est passé ?

— C'est Memphré, halète Anaïs, terrorisée. Il m'a prise par les jambes et...

— Qu'est-ce qui traîne derrière toi ? dit Grégoire en arrivant.

— Quoi ? dit Anaïs surprise, en regardant derrière elle.

Grégoire tire sur quelque chose qui chatouille Anaïs en la frôlant. Elle tremble.

— Ce sont de longues herbes, d'inoffensives herbes. C'est ça ton monstre marin. Vraiment Anaïs, tu ne manques pas d'imagination !

Grégoire et Marie-Laurence s'esclaffent. Les parents, constatant qu'il y a eu plus de peur que de mal, reviennent vers le rivage en souriant. Anaïs, penaude, regagne la terre ferme avec ses amis. Elle marche péniblement, car le fond est mou à certains endroits.

— Ouache, de la vase en plus, du vrai terreau de serpent de mer !

Elle croise Ara qui la toise en souriant. Elle s'arrête, indignée.

— T'as les réflexes moins rapides que le coco, mon petit perroquet ! J'aurais pu me faire bouffer par Memphré sans que tu lâches ton GPS et que tu lèves le petit doigt !

— Hum ! Ça aurait été une catastrophe, ma chère, un « monstricide », car il serait mort empoisonné !

Tous se mettent à rire, sauf Anaïs. Celle-ci a atteint le rivage et crie à Ara :

— La vaisselle, ce soir, tu vas la faire tout seul !

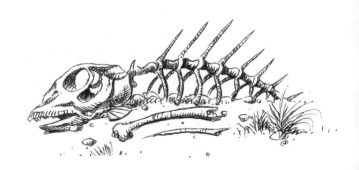

Chapitre 5

Un coin
à découvrir !

C'est maintenant la fin de l'après-midi
et les jeunes sont sortis du lac depuis
un bon moment déjà. Marie-Laurence
et Anaïs abusent d'un soleil qui commence
à leur donner une teinte rouge pompier.

— Assez de soleil, les filles, dit
Mme Latendresse. Ça va chauffer ce soir !

Les deux amies se lèvent et se dirigent vers les garçons. Ara est en train

d'expliquer le mystère du GPS à son copain. Grégoire semble prendre un certain plaisir à jouer avec l'instrument.

— Alors les gars, on fait quoi maintenant? dit Marie-Laurence. Nous, on a notre dose de soleil.

— Et on veut en garder pour les autres, ajoute Anaïs, hautaine. On n'est pas égoïstes, nous!

Elles se mettent à ricaner.

— Hum! Tiens, Anaïs, la bouffe de Memphré, a fini de faire son boudin. Et à ce que je vois maintenant, elle va être bien cuite!

Anaïs, les bras croisés, les épaules écarlates, fait mine de ne pas comprendre.

— Ça vous dirait qu'on aille visiter les environs? propose Marie-Laurence.

— Bonne idée, acquiesce Grégoire, on a le temps avant le souper.

— Et... avant la vaisselle! ajoute Anaïs en zieutant malicieusement Ara.

— Hum ! On fait deux équipes ; les gars iront vers le nord et les filles vers le sud. Si une équipe trouve quelque chose d'intéressant, elle appelle l'autre.

— J'ai mon sifflet, dit Grégoire. Je l'utiliserai pour vous avertir. Vous les filles, comment ferez-vous pour nous prévenir ?

— Hum ! La voix d'Anaïs émet autant de décibels qu'une sirène de pompier ! On l'a entendue plus tôt. Ça vaut n'importe quel sifflet ! De plus, elle a la couleur de l'emploi.

Anaïs ne rougit pas davantage. Plus rouge que ça, tu brûles !

— Ne vous éloignez pas trop ! dit Mme Latendresse qui les a entendus. Ce n'est pas le moment de vous perdre.

***

Ara et Grégoire avancent péniblement sur un terrain passablement vallonné et touffu. Ils se faufilent difficilement entre les arbustes et collectionnent les égratignures. Ils ne découvrent rien de vraiment intéressant. Lorsqu'ils trouvent un objet quelconque, ils le rattachent à Memphré pour se moquer.

Une cannette de soupe vide : « Hum ! Tiens, Memphré se nourrit de soupe aux nouilles... et il pollue à part ça ! »

Une bouteille de bière : « Ah ! Ah ! Memphré a des goûts particuliers... et il ne fait pas de recyclage ! »

Une vieille bottine : « Hum ! Memphré doit avoir les deux pieds dans la même bottine... puisqu'il lui en manque une ! À moins qu'il soit infirme ! »

— Tu sais, Ara, je pense qu'on ne fera pas de grandes découvertes par ici. Allons rejoindre les filles. Je me demande si elles ont trouvé quelque chose.

***

Du côté des filles, l'espace est plus dégagé. Marie-Laurence et Anaïs longent le lac qui s'ouvre sur une petite baie. Les abords sont rocailleux et escarpés, recouverts de mousse. Parfois, des arbustes sont accrochés au roc par des racines aux mille contorsions. Les filles sautent d'une roche à l'autre et sont parfois en déséquilibre. Elles s'arrêtent et mettent leur main en visière au-dessus de leurs yeux pour scruter l'horizon.

— Hé! Regarde, Anaïs, en bas, tout au fond, sous cet énorme rocher qui s'avance comme un pic dans le lac. On dirait l'entrée d'une grotte!

Anaïs s'étire pour mieux voir, une main agrippée à un arbuste.

— Mais oui, ça a l'air d'une grotte!

— Descendons voir de plus près. Suis-moi!

— J'ai peur que... dit Anaïs, hésitante, je...

— Ah non! Anaïs, tu ne vas pas encore me parler de Memphré? Tu ne t'es pas sentie assez ridicule cet après-midi?

— Bon ! se résigne Anaïs. Je te suis...

Marie-Laurence descend la première. Elle pose ses pieds sur les aspérités de la paroi rocheuse et s'agrippe aux branches des arbustes pour faciliter la descente de cette pente abrupte. Anaïs suit lentement son amie en prenant soin de poser les pieds aux mêmes endroits et de s'agripper aux mêmes branches. Un dernier saut et les voilà devant la grotte.

Elles se penchent pour regarder à l'intérieur.

La sirène de Mme pompière se fait aussitôt entendre. En jetant un œil à l'intérieur, les filles ont aperçu un tas d'ossements assez gros. Et l'imagination d'Anaïs a fait le reste.

— Ah ! Oh ! Ah !...

Les garçons alertés n'ont pas mis de temps à retrouver les filles qui ont l'air complètement éberluées. Même Ara s'est hâté.

— C'est quoi ça ? demande Grégoire, en scrutant l'intérieur de la grotte.

— Hum ! On dirait des ossements, constate Ara en entrant à l'intérieur. Oh ! Oh ! s'exclame-t-il.

— Oh ! Oh ! répond l'écho.

Voulant se moquer d'Anaïs, il se met à pousser des « Ah ! Oh ! Ah ! » qui résonnent à leur tour.

Puis, il sort de la grotte avec un paquet d'ossements dans les bras.

Anaïs ne le trouve pas drôle du tout. Elle reste bouche bée, ce qui ne lui arrive pas souvent.

— On dirait les ossements d'un gros poisson ! remarque Grégoire. Quelle sorte de poisson est-ce que ça peut être ?

Ara a mis les os par terre et se penche pour les examiner. Les autres restent attentifs.

— Hum ! Ça pourrait être un gros brochet ou un énorme esturgeon. Je crois qu'on en trouve par ici.

Il regarde Grégoire et poursuit, moqueur.

— Hum ! Ça pourrait aussi être des ossements ou de grosses arêtes appartenant à une famille de monstres marins !

— Arrête, arrête, tu me fais peur ! dit Grégoire en faisant mine de trembler.

Anaïs en a assez de ces moqueries. Elle tourne les talons et reprend la route du chalet, suivie de Marie-Laurence.

Soudain, on entend au loin un sifflement qui s'étire, comme une longue plainte. Les filles s'enfuient au pas de course...

Chapitre 6

C'est le temps des explications !

À table, tout le monde est silencieux. Ce silence est étrange pour des vacanciers qui étaient si exubérants au départ. M. et Mme Latendresse ont remarqué que l'atmosphère est tendue. Pourtant, le repas est délicieux : de belles perchaudes fraîches que M. Latendresse aurait bien aimé pêcher, mais qu'il a finalement achetées dans une poissonnerie.

Anaïs est penchée au-dessus de son assiette et regarde sa perchaude sans grand appétit. Du poisson, elle en a son quota ! Marie-Laurence mange un peu, mais lentement. Le soleil a fait son œuvre et tout le monde est fatigué.

— J'ai l'impression que tout ce beau monde va se coucher tôt ce soir, constate M. Latendresse. Si vous voulez faire de la voile demain, il faut vous reposer.

— C'est vrai, je suis assez fatiguée, dit Marie-Laurence. Je ne sais pas si Anaïs nous accompagnera.

— Ah bon ! fait Mme Latendresse, surprise. Qu'est-ce qui ne va pas, Anaïs ? Tu semblais pourtant si heureuse de faire cette excursion en voilier !

— Bah ! grommelle Anaïs, avec ce qui est arrivé aujourd'hui et l'attitude des garçons...

— Voyons Anaïs, on voulait juste te taquiner, coupe Grégoire. On n'a jamais voulu être méchants. C'était pour rire !

— Hum! Pour Anaïs, c'est drôle seulement quand ça concerne les AUTRES! Vous savez, en matière de farces, elle est plutôt à sens unique. Et, aujourd'hui, le vent a changé de bord; on s'est un peu moqués d'elle... Maintenant, madame Cramoisie, il ne vente plus!

Anaïs esquisse un sourire tandis que les autres rient de bon cœur. Pourtant, elle aimerait bien être rassurée sur ce fameux Memphré qui lui trotte toujours dans la tête.

M. Latendresse et Ara, surtout, finissent par faire oublier Memphré. Ils expliquent que les monstres marins (Memphré, Ponik, Nessie, etc.) ne sont que des animaux légendaires. Les endroits où ces monstres se sont prétendument manifestés sont devenus des attraits touristiques. Les gens aiment le mystère. Les témoignages sont nombreux, mais il n'y a pas de preuves tangibles. Même Nessie, le fameux monstre du Loch Ness, a dû se résigner à entrer dans la légende. En effet, pour en avoir le cœur net, un riche homme d'affaires a payé pour faire ratisser le lac de fond en comble. Et l'on n'a rien trouvé. Pas l'ombre d'une ombre. C'est la même chose pour Memphré! Les ossements trouvés cet après-midi ne sont que de vulgaires arêtes de poissons!

— Et le long sifflement qu'on a entendu? demande Anaïs.

C'est *L'Aventure II,* un bateau de croisière qui sillonne le lac. Il actionne parfois sa sirène au grand plaisir des touristes.

***

Après avoir fait la vaisselle, Ara et Anaïs, qui n'est pas trop rancunière, rejoignent les autres. Ils sont assis autour d'un beau feu de camp où dansent des flammes rouge et jaune. On parle de l'excursion du lendemain. Les jeunes passeront la nuit sur une île au milieu du lac, à quelques kilomètres du chalet. M. Latendresse a loué deux petits dériveurs : un pour les garçons et un pour les filles. Grégoire et Marie-Laurence ont appris à les manœuvrer l'an passé. Ara s'est bien documenté sur le sujet et Anaïs improvisera.

Les paupières obéissent à la gravitation.

Le feu a fini de giguer et l'on juge qu'il est temps d'aller dormir. Avant de rentrer, on jette un dernier regard sur la montagne dont les contours achèvent de rougeoyer.

Sur les eaux du lac se mirent les étoiles scintillantes. Comme elles sont calmes ! Trop calmes peut-être...

Chapitre 7

La furie des eaux !

Le réveil a été difficile pour Marie-Laurence et Anaïs. Leurs épaules et leurs bras exposés trop longtemps au soleil ont grandement troublé leur sommeil. En ce dimanche matin, un soleil éclatant projette ses rayons dans toutes les pièces du chalet. Sa chaleur et sa lumière lancent des bulles de bonne humeur qui finissent par contaminer tout le monde.

En jetant un coup d'œil dehors, on découvre un nouveau décor. Les arbres sont échevelés et, sur le lac, l'écume des vagues agitées dessine des moutons blancs.

Grégoire se dit que les eaux ont pris le caractère d'Anaïs, mais il se mord les lèvres et se tait. Il veut tellement faire cette excursion !

C'est l'heure du petit déjeuner...

— Il vente énormément, ce matin ! fait remarquer Grégoire.

— Hum ! On ne naviguera pas, on va voler ! Une vraie Formule 1 ! Tiens, au fait, si l'on faisait une course, les filles ?

— Certainement. On va vous donner toute une leçon, répond Marie-Laurence. Grégoire le moussaillon a pris l'habitude de traîner de l'arrière quand il rivalise avec moi en voilier. Il n'est pas trop habile avec un gouvernail, mon frère !

— Hum ! Peut-être, mais aujour-
d'hui il a comme coéquipier un naviga-
teur de classe !

— Bah ! des minus de 5ᵉ année !
ajoute Anaïs. On passe au secondaire,
nous, mon cher. Ça, c'est de la classe !

— Vous allez voir ce que vous allez
voir, les « matelotes » piment rouge !
rétorque Grégoire. On va vous perdre
dans notre sillage...

Le déjeuner s'achève dans un
combat de mots. L'échange est assez
équilibré.

On se prépare maintenant pour la
grande aventure. M. et Mᵐᵉ Latendresse
observent et supervisent...

**

Le matériel de camping est placé à
bord des voiliers. Dernières recomman-
dations.

— N'oubliez pas : portez toujours
votre ceinture de sauvetage ! Soyez
prudents ! Vous n'avez rien oublié ?

Grégoire, tu as le téléphone cellulaire ? Protège-le bien de l'eau. Si vous
avez des problèmes, n'hésitez pas à
appeler !

— Oui, maman ! Oui, maman ! Non,
maman ! Oui...

Les amarres sont larguées et l'odyssée
commence. Les voiles sont gonflées et
les bateaux fendent les eaux. Le vent vient
du sud, un vent chaud et véloce qui
atteint bien les 70 km/h. Pour se ren-
dre à l'île, située au sud, il faut prendre
le vent de face. On doit donc naviguer
« au près », c'est-à-dire en faisant des
zigzags face au vent, des lignes brisées
est-ouest, direction sud, pour arriver à
destination. Ça demande un peu de
technique de navigation...

Les garçons sont en avance. Grégoire
est au gouvernail et Ara est assis sur le
bord du dériveur pour faire contrepoids.
Son GPS ballotte sur sa poitrine comme
s'il faisait de l'équitation. En direction

sud-est, le bateau est fort incliné et déchire les eaux à toute vitesse. Il faut maintenant se diriger sud-ouest. Grégoire relâche le gouvernail et la grand-voile se met à flotter. Ara décorde le foc, le laisse glisser à droite, puis le rattache au taquet. Les voiles se gonflent de nouveau et le bateau reprend de la vitesse.

Les filles suivent et ne se laissent pas distancer, au contraire. Marie-Laurence est habile. Elle vogue « au près serré », c'est-à-dire qu'elle essaie de prendre le vent de face le plus possible, en maniant son gouvernail. Ainsi, elle peut aller plus vite. Elle finit par se rapprocher du bateau des garçons.

— Alors, les marins d'eau douce, crie Marie-Laurence, vous n'avez pas encore réussi à nous semer ?

— Et toi, Ara, contrepoids téméraire, assis comme tu l'es, tu pourrais te ramasser à l'eau. Avec ton GPS au cou, tu pourrais te retrouver directement au fond. Ce n'est pas une Grosse – Pouée – de Sauvetage, ça ?

— Bouée, Anaïs, bouée, pas pouée !

— Bof ! Ça fait pareil ! Il a compris le crochet à GPS !

Les deux amies ricanent.

La course se poursuit et les dériveurs se croisent, se frôlent, se rapprochent ou s'éloignent. Quand c'est possible, on sème des taquineries à tout vent. Quelle aventure grisante !

Partout sur le lac surgissent de petits triangles blancs ou multicolores. Les compétiteurs saluent fièrement les véli-planchistes et les navigateurs qu'ils croisent. Le vent ne faiblit pas d'un nœud. Dans le ciel, de gros nuages cotonneux subissent des bourrades et les goélands, les ailes en croix, immobiles, semblent suspendus.

Le bateau penche à bâbord ; il penche à tribord et vice versa. Et l'île, devant, se rapproche...

***

Tout à coup, une énorme bourrasque, comme si Éole s'était fait marcher sur le gros orteil, s'abat sur le lac. Marie-Laurence ne manque jamais d'observer les variations à la surface de l'eau qui indiquent des changements dans la vitesse ou l'orientation du vent. Elle remarque la colère de monsieur le vent qui dirige les dériveurs. Elle détend les voiles pour éviter que son embarcation soit fortement secouée.

Grégoire et Ara sont trop occupés à savourer leur légère avance et à narguer les filles. Une formidable poussée heurte leurs voiles toujours distendues. Le bateau penche dangereusement et Ara perd l'équilibre. Le mât poursuit son oscillation et s'étale à l'horizontale. Grégoire est projeté à l'eau. Ara bascule à son tour; il est étendu de tout son long sur la grand-voile qui flotte.

Marie-Laurence a tout relâché et arrive près des naufragés. Elle et Anaïs espèrent qu'il n'y a rien de grave.

— Alors, Grégoire, Ara, ça va? Pas trop de mal?

Grégoire, la tête hors de l'eau et la casquette de travers, s'agrippe à l'embarcation. Ara, lui, se démène, empêtré dans la voile qui se trouve maintenant sous l'eau. Heureusement qu'ils portaient leur ceinture de sauvetage! Ara lutte contre les cordages, finit par se dégager et rejoint Grégoire.

— Oui, on est corrects. Je me demande ce qui s'est passé?

— Hum! Je pense qu'on a chaviré, dit Ara, en tenant son instrument électronique. Et mon GPS a tenu le coup. Heureusement qu'il était dans son boîtier étanche!

Le danger écarté, on passe en mode moqueries.

— Vous avez été frappés par un autobus, mes mousses! lance Anaïs, confortablement installée à la proue. Ça vous apprendra à ne pas regarder où vous allez!

— Il y a pas mal de circulation par ici! Ah! ah! ah! poursuit Marie-Laurence.

Grégoire et Ara n'écoutent pas les balivernes qui n'en finissent plus. Elles leur glissent dessus comme l'eau sur le dos... d'un goéland. Les garçons n'ont pas de temps à perdre. Ils doivent remettre à flot le voilier. Grégoire a appris comment faire et Ara a lu des livres sur l'art nautique, mais ce n'est pas si facile. Ils conjugueront donc techniques apprises et connaissances acquises.

Ils se dirigent vers la dérive qui flotte à l'horizontale. Il faut monter dessus, s'agripper au rebord du voilier et basculer vers l'arrière pour faire contrepoids. C'est une simple question de physique, mais la physique et eux ne font pas trop bon ménage ! Ils ont dû s'y reprendre à plusieurs fois pour finalement réussir à redresser le mât. Enfin, le dériveur flotte de nouveau. Le bateau est inondé et les garçons sont exténués. Pendant qu'ils s'affairent à vider l'eau, les filles se mettent à chanter « Partons, la mer est bê-ê-ê-ê-êle... », à cause des moutons qui dansent sur l'eau...

***

Les garçons finissent par repartir, mais ils naviguent moins vite. C'est plus « petit largue » que « près serré ». Ils ont eu leur leçon et les filles l'ont compris. L'orgueil en a pris un coup et les garçons se répandent en explications pas très convaincantes.

— On a voulu essayer la technique du redressement...

— Hum ! La physique, ce n'est pas juste de la théorie, c'est aussi de la pratique...

— On voulait voir combien de temps ça prenait...

— Ce n'était peut-être pas juste le vent, après tout... lance Marie-Laurence.

Anaïs voit là l'occasion d'en rajouter.

— C'est vrai, il me semble avoir vu une masse énorme soulever votre bateau. N'est-ce pas Marie-Lo ?

— Oui. Je pense même que c'était Memphré ! Ah ! Ah ! Ah !

Ça fait maintenant quelques heures qu'on vogue sur le lac. Le soleil et le vent peuvent être des complices agréables, mais aussi des adversaires redoutables. Les garçons sont fourbus ; les filles aussi. L'île grossit à vue d'œil. On arrivera bientôt. Enfin...

Chapitre 8

La nuit s'annonce longue

Les voiliers atteignent la petite île par le sud. Les voiles complètement relâchées, les jeunes approchent prudemment du rivage sablonneux qui débouche sur une élévation de terre parsemée d'herbes. Grégoire dirige l'embarcation et se charge de soulever le gouvernail lorsqu'ils abordent. Marie-Laurence fait de même. Après une longue glissade, les dériveurs en parallèle sont brusquement arrêtés par la butte. Les jeunes sont secoués dans leur embarcation. Ara, qui doit soulever la dérive pour éviter les bas-fonds avant d'atteindre la grève, se tient debout dans le voilier vacillant. La secousse lui fait perdre l'équilibre et il s'étale au fond de la coque. Personne ne songe même à s'amuser de sa maladresse. On est trop fourbus. Les jeunes sautent de leur voilier, le tirent hors de l'eau et l'attachent à de petits arbres non loin du bord. Une distance d'environ deux mètres sépare les deux embarcations.

Avant de prendre les bagages, les jeunes explorent les alentours pour voir si les lieux sont propices au camping. Grégoire et Marie-Laurence, chacun de leur côté, font le tour d'un endroit dégagé, puis ils se rejoignent.

— C'est un bel endroit pour monter les tentes ! constate Marie-Laurence.

C'est plat et bien dégagé, à part quelques petits arbres.

— C'est parfait, convient Grégoire. Déchargeons les voiliers. J'ai hâte de me faire sécher et de me reposer un peu.

Ils retournent aux voiliers. Anaïs attend la suite, affalée sur une grosse roche. Ara, de son côté, relève des données sur son GPS.

— Hum ! On est à exactement 8,7 kilomètres du chalet. Avec de bonnes jumelles, on pourrait peut-être le voir d'ici !

— Allez, les amis, on décharge les bagages, on monte les tentes, puis on casse la croûte, propose Marie-Laurence.

— La dernière tente montée sera celle des plongeurs ! ricane Anaïs revigorée.

— Des plongeurs ? répète Ara, des plongeurs, où ça ?

— Des plongeurs comme dans « laveurs de vaisselle », mon Grand –

Plongeur – Serviable de GPS. Tu as déjà de l'expérience, non ?

Ara se contente de hausser les épaules et se dirige vers son voilier.

On transporte les bagages à l'endroit ou seront dressées les tentes. Les filles commencent aussitôt à monter leur abri. Ça va rondement.

Les bagages des garçons sont imbibés d'eau. Sacs de couchage, tente, nourriture et autres effets, tout est détrempé. Décidément, le fameux coup de vent a fait des ravages. Grégoire est découragé en constatant l'état de son équipement.

— Ah non ! Tout est dans la flotte ! L'équipement est encore plus mouillé que nous. Comment on va faire pour passer la nuit ? On va avoir froid...

— On peut retourner au chalet si tu veux ! propose Marie-Laurence. Il n'est que 16 heures. On aurait le temps avec le vent dans le dos. Si tu penses qu'il est trop tard, on peut appeler papa et maman. Ils viendront nous chercher dans une embarcation à moteur.

Marie-Laurence joue avec l'orgueil de son frère et celui-ci n'apprécie guère.

— Pas question, coupe Grégoire. Le soleil est encore haut. On fait sécher nos bagages puis... Le téléphone cellulaire, c'est nous qui l'avions ! Je me demande dans quel état il est !

Il se met à fouiller les bagages trempés. Il tâtonne dans un sac et en retire ce qui lui semble avoir la forme d'un téléphone.

— Je l'ai ! dit-il.

Dans sa main, il tient l'appareil minutieusement enveloppé dans un sac en plastique bien ficelé. Il le sort du sac et l'active. On entend des bips.

— On est chanceux, il fonctionne ! s'exclame-t-il.

— Une chance que maman a pensé à tout ! constate Marie-Laurence.

— Elle vous connaît bien, n'est-ce pas ? ajoute Anaïs devant la tente déjà montée. Elle avait prévu que vous joueriez au sous-marin. Ah ! Ah !...

— Arrête donc, Anaïs ! s'impatiente Grégoire. Viens nous aider au lieu de dire des bêtises !

Anaïs obéit. Elle et Marie-Laurence s'approchent des naufragés.

Les filles acceptent de défaire les bagages des gars pendant que ceux-ci montent leur tente.

— Mais, mais, où sont les poteaux de la tente ? demande Grégoire, ahuri.

Ara est surpris par la véhémence de son ami.

— Les poteaux ! Quels poteaux ? Oui, oui, les poteaux... Euh ! Ils sont restés au fond de la fourgonnette.

Piteux, il bredouille :

— Hum ! Hum ! Hum ! je... je... je les ai oubliés dans...

— Ara, Ara, si tu arrêtais un peu de jouer avec ton GPS, s'impatiente Grégoire, ça irait beaucoup mieux, non ? Qu'est-ce qu'on va faire maintenant ?

Ara est tout penaud. Il regarde son GPS avec désolation. Grégoire reprend ses sens et se rend compte qu'il y est allé un peu fort. On est en vacances, pas vrai ? On est censés s'amuser, pas vrai ?

— Excuse-moi, Ara, je suis impatient parce que je suis fatigué. J'avais hâte de me reposer un peu. Aurais-tu une idée pour régler ce problème ?

Une idée, une idée, bien sûr qu'il en a une idée. Il ne carbure qu'aux idées, Ara. Il se redresse et propose aussitôt :

— Hum ! On a qu'à chercher des branches solides. Il suffit de les tailler de la bonne longueur et le tour est joué.

— Pendant que vous allez chercher des branches, Anaïs et moi, on va s'occuper de faire sécher vos bagages, suggère Marie-Laurence.

Les garçons partent, armés d'un couteau et d'une petite scie. Ils reviennent peu de temps après. Leurs bagages sont étendus au soleil.

Ils taillent les branches à la longueur requise et montent leur tente convenablement. Enfin, on peut casser la croûte. Ce n'est pas trop tôt!

***

Le soleil commence à décliner derrière la montagne et le vent s'est calmé. Marie-Laurence et Anaïs sont bien installées sur une couverture et ont déjà commencé à manger. Rien qu'à les regarder, Grégoire et Ara salivent.

— Ah non! s'exclame Grégoire, dépité, mon lunch est tout mouillé! Un autre problème!

Il regarde tristement sa boîte à lunch où l'eau s'est infiltrée. Ara ouvre la sienne et constate qu'elle n'est guère mieux.

— J'ai faim! se lamente Grégoire en se frottant le ventre. J'ai tellement faim!

— On appelle ça « des repas à l'eau » ! murmure Anaïs à Marie-Laurence.

— N'en rajoute pas, Anaïs ! Tu ne trouves pas qu'ils en ont eu assez pour aujourd'hui ?

— Hum ! Ça n'a pas l'air terrible des sandwiches à l'eau, fait remarquer Ara, penché sur sa boîte à lunch ouverte. On dirait qu'ils ont déjà été mâchés. Pas très appétissant !

— Les filles ? font à l'unisson les gars en tendant les bras vers leurs compagnes qui s'empiffrent. Les filles, s'il vous plaît ?

Marie-Laurence et Anaïs se regardent, sourient, font non de la tête, puis oui. Elles conviennent de partager avec les garçons. Prévoyantes, elles ont de la nourriture pour quelques jours. Après tout, les gars ne sont pas des ennemis, seulement des adversaires !

Les garçons s'assoient à côté d'elles et activent leurs mâchoires, pas pour parler cependant...

***

Après avoir bien mangé, il faut se préparer pour la nuit qui ne tardera pas à venir. La tente des garçons est maintenant séchée, mais pas les sacs de couchage qui sont encore imbibés. La nuit ne s'annonce pas trop confortable pour eux. Marie-Laurence pense qu'il est temps d'appeler ses parents pour les rassurer.

— Allô, maman ? Tout va bien, tout est correct. Ne vous inquiétez pas. S'il y a eu des pépins ?

Elle regarde Grégoire qui gesticule et elle enchaîne...

— Non aucun problème, maman. On est arrivés à l'île en même temps. C'est un bel endroit. D'après Ara, on est à 8 kilomètres du chalet. Voyez-vous l'île ? Ah oui ? Je te quitte maman, la pile du téléphone... Oui maman, je te téléphone demain matin sans faute ! Bye ! Oui. Bye !

Les filles sont déjà dans leur tente. Elles se racontent des histoires et on les entend ricaner. Grégoire ne veut pas écouter aux portes, mais il se doute bien qu'il fait l'objet de leurs plaisanteries. Il s'engouffre dans sa tente à son tour. Avant de suivre Grégoire, Ara vide les boîtes à lunch et met la nourriture encore dégoulinante dans des sacs en plastique qu'il compte rapporter pour les mettre à la poubelle. Il a l'esprit écologique, Ara. Pour ne pas oublier les sacs, il les place près des dériveurs qui s'agitent doucement au gré des vagues. La tente des filles, éclairée par une lampe, projette des ombres étranges. Ara rejoint Grégoire qui n'en finit pas de se tourner et se retourner. Les filles semblent si confortables ! Chez les garçons, c'est humide et dur ! Pour ces derniers, la nuit s'annonce longue...

Chapitre 9

Les eaux
qui troublent!

La nuit est calme. Les étoiles s'évanouissent peu à peu, car une brume légère se forme graduellement. Exténués par leur aventure, les garçons ont fini par s'endormir, malgré l'inconfort. Grégoire est agité. Il tourne et se retourne sans cesse. Ara, de son côté, est étendu sur le dos, immobile comme une momie. Le sommeil l'a plongé dans une mer de bidules électroniques. On voit même un sourire se dessiner sur ses lèvres.

Les filles roupillent depuis un moment. On dirait qu'elles se sont endormies en riant.

***

Tout à coup, un long sifflement se fait entendre, un sifflement semblable à celui qui avait alerté les filles après qu'elles eurent découvert les ossements... Comme si ce son bizarre était enregistré au plus profond de sa mémoire, Marie-Laurence s'éveille aussitôt. Elle ouvre les yeux et tend l'oreille. À ses côtés, Anaïs se met à bouger. Marie-Laurence décide de ne pas réveiller son amie. Les cris d'Anaïs risqueraient de l'empêcher d'identifier la source de ce bruit! Marie-Laurence s'avance et regarde à travers la moustiquaire. Dans le noir, elle entrevoit une forme longue et noire, assez petite, qui se faufile entre les deux voiliers. Elle se demande quel genre d'animal ce peut être. Même l'ombre de Memphré se glisse au milieu de ses suppositions. Mais non, voyons, on en a parlé en long et en large ; les monstres marins, ce sont des légendes, de pures inventions, de simples fruits de l'imagination. Elle retient son souffle pour mieux écouter. Silence. Puis, elle entend le clapotis de l'eau. On dirait un animal qui vient de plonger. Lui parviennent ensuite des bruits insolites, des mâchonnements, comme si l'on avalait avec gloutonnerie. Elle décide qu'il est temps de jouer du coude pour réveiller Anaïs.

Celle-ci réagit exactement comme Marie-Laurence l'avait imaginé. Elle sort de son sommeil comme si elle était propulsée par un ressort et lance un cri de mort en prime. Les garçons sont aussitôt réveillés. Les lampes s'allument, des ombres animent les parois des tentes. Le bruit de l'eau s'est estompé, comme si l'animal avait disparu. Grégoire et Ara accourent dans la tente des filles.

***

Ils voient Anaïs, assise sur son sac de couchage, hébétée, les yeux exorbités.

— Quoi? Quoi? Que s'est-il passé? Qui m'a frappée? J'ai peur!

— Du calme, Anaïs, du calme! dit Marie-Laurence en tentant de la tranquilliser. J'ai entendu un animal sur le bord de l'eau, entre les deux bateaux, et je me suis demandé ce que c'était. J'ai bien vu quelque chose, mais il faisait trop noir pour dire ce que c'était.

Grégoire et Ara décident d'aller inspecter le bord du lac avec une lampe de poche. Ils ne remarquent rien de spécial jusqu'à ce qu'Ara s'aperçoive que les sacs avaient disparu.

— Hum! C'est sûrement un animal

qui est venu manger. J'avais mis nos lunchs mouillés dans des sacs et ils ne sont plus là.

— D'après toi, Ara, dit Grégoire, quelle sorte d'animal est-ce ?

— Hum ! Ça ne peut pas être une grenouille ni un ouaouaron. Les sacs étaient trop gros. Un raton laveur ? Hum ! Une loutre ? Je ne sais trop !

— On pourrait essayer de le savoir ! As-tu une idée ?

— Hum ! Oui ! On pourrait mettre un nouvel appât et attendre qu'il revienne.

Grégoire et Ara retournent voir les filles pour leur quêter de la nourriture. Ils préparent un nouveau sac qu'ils placent au même endroit.

— Hé ! Ara, suggère Grégoire, qu'est-ce que tu dirais si l'on essayait de l'attraper ? Ça te tente de chasser une bête gloutonne ?

— Hum ! Peut-être. C'est facile de

faire un collet comme ceux qu'utilisaient les trappeurs. Il suffit d'attacher un nœud coulant à un support. Va chercher le câble dans le bateau pendant que je prépare le support.

— Hé ! Marie-Laurence, Anaïs, crie Grégoire. Venez avec vos lampes de poche. Nous avons besoin... de vos lumières !

Les filles se précipitent vers les gars. Grégoire va chercher le câble et fait le nœud coulant. Ara utilise les branches en surplus qu'il avait ramassées pour remplacer les poteaux de la tente. Il croise trois branches et les plante dans le sol mou au bord de l'eau. Entre les voiliers, les branches croisées en forme de cône rappellent la structure d'un tipi sans toile. Ensuite, Ara place, assez bas, une branche horizontale, reliant les parties du cône. Il suspend le nœud coulant à la partie horizontale de la structure et attache le reste de la corde à un petit arbre qui semble solide.

— Ça marche comment votre piège ? demande Marie-Laurence.

— Hum ! Explique-leur, Grégoire !

— Voilà. C'est simple. La bête doit passer par le nœud coulant pour atteindre l'appât. Quand l'animal bouge, le nœud coulant se referme peu à peu et l'animal est piégé. Plus il bougera, plus le nœud se resserrera. La corde rattachée à l'arbre empêchera l'animal de s'enfuir. Ce n'est pas plus compliqué que ça !

— C'est cruel, votre piège, s'indigne Anaïs. Vous allez lui faire mal.

— Mais non, Anaïs, mais non ! répond Grégoire. On ne lui veut pas de mal. On veut juste le voir un peu.

— Hum ! On veut juste faire connaissance. On le retiendra quelques minutes, puis on le relâchera.

Anaïs est rassurée. Marie-Laurence aussi, elle qui s'inquiétait à l'idée du piégeage. Le piège est bien en place et les jeunes retournent dans leur tente. Dans la nuit qui s'embrume de plus en plus, ils surveillent attentivement...

Chapitre 10

Il est minus
ce monstre !

Ça fait tout près d'une heure qu'on scrute le rivage dans l'espoir de voir le mystérieux animal. Un brouillard de plus en plus dense flotte sur le lac. Les garçons font le guet dans leur tente, et les filles dans la leur. Personne n'ose parler ni même chuchoter, de peur d'effrayer l'animal. Le temps passe, les paupières commencent à s'alourdir.

Grégoire finit par être happé par le sommeil. Les difficultés de la veille ont eu raison de lui. Ara, qui commence à avoir la tête lourde lui aussi, glisse peu après dans le sommeil.

***

Les filles tiennent bon. Marie-Laurence est tout à fait éveillée et Anaïs n'ose pas s'abandonner dans les bras de Morphée. Son réveil brutal la hante encore. Et voilà qu'Ara se met à ronfler. Son petit moteur de hors-bord intermittent semble avoir pris une vitesse de croisière.

— Ah non ! il y en a un qui ronfle à côté, chuchote Marie-Laurence. Il faudrait le faire taire !

— J'y vais immédiatement, dit Anaïs. C'est bien le temps de ronfler !

— Attends ! chuchote Marie-Laurence encore plus bas, en retenant Anaïs qui s'apprêtait à aller voir les garçons. Écoute !

Anaïs tend l'oreille. On entend un léger sifflement et le bruit des eaux qui s'agitent. De minuscules vagues viennent mourir sur la grève. Anaïs est tendue. Marie-Laurence est aux aguets.

Le bruit a réveillé Grégoire qui ne dormait pas encore profondément. Il se demande si les filles ont les yeux ouverts. Il réveille Ara en lui mettant la main sur la bouche. Pas question d'effrayer la bête !

Une scène incroyable se déroule alors sous leurs yeux. Les campeurs interloqués voient un petit animal bizarre et inconnu, qui se dirige lentement vers l'appât. Son corps est à moitié dans l'eau, à moitié hors de l'eau. On dirait une sorte d'amphibien, mi-grenouille, mi-serpent. Du jamais vu ! Ils n'en croient pas leurs yeux. Si seulement ils avaient un appareil photo !

L'animal gourmand glisse habilement sur le bord de l'eau comme s'il avait de minuscules pattes. Il se dirige vers le sac de nourriture !

On souhaite que le piège fonctionne comme prévu. L'animal passe à travers le cercle de la corde et s'approche de l'appât. En faisant cela, il tire sur la corde et le nœud coulant se resserre. L'animal se sent traqué et remue davantage. Il s'agite et se contorsionne pour se libérer. Le nœud le retient par la queue. Rien à faire, il est pris ! Et la corde attachée à l'arbre l'empêche de s'enfuir. Il gigote pendant de longues minutes, puis il s'arrête, exténué. Pas si gros pour un monstre, pense-t-on, durant ce moment d'accalmie ! La bête émet alors un sifflement strident et aigu qui écorche les oreilles des campeurs. Un long silence suit. L'animal ne bouge plus. Serait-il évanoui ou... mort ? On décide d'attendre encore quelques minutes. Rien ne se passe.

— Dis, Ara, penses-tu qu'il est mort ? demande Grégoire.

— Hum ! Je ne pense pas. Je crois qu'il est comme nous à la fin de la journée. Il est tout simplement crevé !

— Tu crois qu'on peut l'approcher sans trop de risques ?

— Hum ! On peut s'en approcher prudemment. D'abord, il est attaché au câble. Et puis, il n'est pas si gros... pour un monstre marin !

Les garçons sortent lentement de leur tente et se dirigent vers l'animal retenu par la queue. Les filles n'osent pas bouger et observent la scène, pétrifiées. À l'approche des garçons, l'animal remue un peu. Il semble vraiment exténué. Grégoire et Ara font encore quelques pas et l'animal, effrayé, est agité par des soubresauts. Les mouvements convulsifs s'arrêtent soudain et l'animal souffle comme une baleine.

— Hum ! C'est un animal marin qui

a la capacité de respirer hors de l'eau, constate Ara.

— Et qui possède des branchies comme un poisson, ajoute Grégoire.

— Hum ! Bizarre. Il pourrait vivre sous l'eau et hors de l'eau. C'est un phénomène !

— Venez, les filles, venez voir Memphré !

Marie-Laurence et Anaïs attendent un peu. Voyant qu'il ne se passe rien de dangereux, elles sortent de leur tente en se tenant par la main.

Elles s'approchent des garçons qui observent l'animal résigné. La peau de la bête semble huileuse et noire. Son corps n'est pas très long : deux mètres tout au plus. L'animal a la forme d'un serpent avec un gros renflement au niveau du ventre. Deux petites pattes, comme des nageoires, traînent de chaque côté de son corps. Sa tête fait penser à celle d'un animal préhistorique, plus précisément à un diplodocus, avec ce qui ressemble à des branchies à la base du cou. Toutefois, sa gueule est plus large et ses yeux, plus grands et plus saillants. On dirait Nessie, songe Ara qui est bien renseigné sur les monstres marins. Mais ça ne peut être Nessie. Ce n'est pas le Loch Ness, c'est le lac Memphrémagog. Bizarre !

— Ho ! La belle petite bête, susurre Marie-Laurence. Elle ressemble à un genre d'extraterrestre comme on en voit dans certaines revues. Je peux la flatter ?

— Attention, Marie-Laurence, dit Grégoire, elle est petite, mais elle pourrait être dangereuse !

— J'aurais envie de la prendre dans mes bras et de la bercer ! ajoute Anaïs. On peut l'emmener avec nous ?

L'animal ne bouge toujours pas. Il se contente de regarder ces intrus, ces êtres insolites, debout, habillés et chevelus, qui projettent de petits soleils sur lui et qui lui font mal aux yeux.

— Hum ! Il doit avoir faim, Memphré, dit Ara. N'est-ce pas pour manger qu'il s'est fait prendre au piège ?

— Oui, viens mon petit animal sous-marin ! dit Anaïs, je vais te donner à manger.

Anaïs et Marie-Laurence lui offrent la nourriture que renfermaient les sacs.

Immobile et indifférent au départ, Memphré finit par se laisser amadouer et ouvre sa gueule. Il mange bruyamment, avec des manières monstrueuses, mais bon, c'est un monstre après tout !

Un début de complicité paraît s'établir entre l'animal et les enfants.

Les jeunes ont l'impression de vivre un moment fabuleux. Comment cette aventure se terminera-t-elle ? Ils s'imaginent faisant la une des journaux : « Quatre jeunes vacanciers résolvent le mystère de Memphré ».

— C'est comme un rêve, dit Anaïs. Nos amis vont être surpris !

— Et nos parents donc ! ajoute Marie-Laurence.

Ils se voient aux portes de la gloire...

Chapitre 11

Quand minus devient grand !

SSSSSSSSSSSSSSSSSSSSSSSSSS !

Un sifflement assourdissant reten-
tit ! Sentant leurs tympans agressés, les
jeunes se bouchent les oreilles. Cette
concentration de décibels fait même fris-
sonner la brume. Rapidement, les campeurs s'éloignent de l'animal prisonnier
qu'ils s'affairaient à nourrir. Ils se dirigent vers leur tente, les talons aux fesses.

— Ouille ! J'ai les tympans défon-
cés ! se lamente Anaïs. J'ai peur !

— Qu'est-ce que c'est ? ajoute Marie-
Laurence. Un autre monstre marin ?
Ça devient dangereux !

Les rayons des lampes de poche ten-
tent de percer la brume qui semble de
plus en plus opaque. Sur la grève, le petit
animal prisonnier a levé la tête. Le son
perçant l'a alerté et il fouille le large
du regard. Il gigote, mais il ne parvient
pas à se libérer.

— Hum ! On dirait que le petit monstre a reconnu la voix qui l'appelle !
Regarde, il est agité. Il veut sans doute
rejoindre sa famille !

— Bien sûr, sa famille ! ajoute
Grégoire. C'est Memphré fils qui s'est
égaré, qu'on a fait prisonnier et qui
cherche sa mère ! Memphré aurait donc
de la famille !...

— Oh ! que c'est touchant ! soupire
Anaïs.

L'animal se remet à bouger. Il perçoit l'animation qui s'amplifie dans l'eau. Les abords du lac, secoués de gros bouillons sonores, s'agitent de plus en plus.

— Hum ! Je crois qu'il faut nous résoudre à libérer Memphré fils, constate Ara. Le petit a besoin de sa mère et celle-ci est affolée.

— Je suis d'accord avec toi, poursuit Grégoire. Une mère qui sent son petit menacé peut devenir très dangereuse !

Anaïs ne cesse de trembler, cachée avec son amie derrière la tente.

— On est d'accord avec vous les gars, acquiesce Marie-Laurence. Libérons le petit au plus vite ; la mère va disparaître et retourner d'où elle vient.

— Oui ! Oui ! confirme Anaïs en hochant la tête.

Ara et Grégoire retournent lentement vers Memphré fils. Celui-ci les entend venir et tourne la tête. Il s'agite un peu plus, sans toutefois devenir menaçant. Ces petits humains n'ont-ils pas essayé de le nourrir ? Et des humains qui nourrissent un animal, ça ne peut pas être très dangereux ! On voit ici la grande naïveté du jeune Memphré ; il ne connaît pas les tactiques de chasse employées par certains chasseurs hypocrites et retors !

Arrivés devant Memphré fils, les garçons essaient de le libérer. Ils tirent sur le câble, mais celui-ci ne cède pas. Malheureusement, tandis qu'Ara tente de délivrer l'animal, le cordon qui retient son GPS se brise et l'appareil tombe. Ara n'a même pas le temps de réagir. Le nouvel appât tombe dans la gueule du monstre qui l'avale sans hésiter. Miam ! Ils sont gentils et généreux ces humains !

— Ah non ! s'écrie Ara, horrifié, en oubliant même son éternel hum ! Memphré a avalé mon GPS. Qu'est-ce que je vais faire ?

— Pas le temps, Ara, coupe Grégoire, pas le temps. Il faut le libérer !

À cause de l'agitation de l'animal, le câble s'est resserré autour de sa queue. Et un animal de cette taille, même si c'est le petit de la famille, n'est pas facile à déplacer.

— Non, non, on n'y arrivera jamais ! déclare Grégoire, essoufflé. Il faut trouver un moyen de le libérer.

— Mon GPS ! Mon GPS ! se lamente encore Ara, en oubliant encore son fameux hum ! Puis, il retrouve son sens pratique. Un couteau ! dit-il. Il nous faut un couteau !

Les garçons retournent à leur tente.

L'animal s'est un peu calmé et le silence revient.

***

Les garçons demandent aux filles de les aider à trouver un couteau.

— Quoi ? Un couteau ! s'insurge Anaïs. Vous voulez un couteau ? Vous voulez le tuer pour que sa maman finisse par l'abandonner? Vous êtes trop cruels!

— Mais non, Anaïs, on ne veut pas le tuer. Le couteau, c'est...

— Pour lui couper la queue? achève-t-elle, scandalisée. Vous pensez que c'est mieux, lui couper la queue? Vous savez de quoi ça a l'air, vous autres, un poisson pas de queue?

— Écoute donc, Anaïs, au lieu de partir en peur!

— Oui, Anaïs, calme-toi, ajoute Marie-Laurence, écoute-les!

Au bord du lac, l'agitation reprend de plus belle. Les eaux se mettent à tourbillonner avec fracas. Les sifflements reprennent et fiston étire le cou. Il cherche sa mère qui semble de plus en plus proche.

Les jeunes se sont tus. Ils observent ce qui se passe. Maman Memphré s'est approchée de son petit. Sa stature impressionnante apparaît entre les deux voiliers. Elle fait au moins huit mètres de long, un décalque amplifié de son petit. Elle siffle doucement près de son fiston qui dodeline de la tête et du cou. Il semble comprendre ce qu'elle lui dit et siffle à son tour. Un dialogue en sifflet majeur.

? ?

Traduction imaginée et tout à fait libre.

— Ah ! te voilà mon petit chenapan ! Je t'avais bien dit de ne pas t'éloigner de la belle fosse que j'avais aménagée pour nous ! Ton père n'est pas content ! Attends-tu qu'il fasse une colère monstrueuse ?

— Je regrette, maman, je regrette ! Je voulais goûter à autre chose que des herbes et du poisson. Ce n'est pas très varié comme menu ! S'il te plaît, délivre-moi.

— Je vais essayer, mais attends à la

maison ! Ton père va te parler entre les deux branchies...

? ?

Maman Memphré est penchée au-dessus de son petit. Elle prend son cou dans sa gueule et tire lentement. Elle sent une résistance et comprend qu'en tirant plus fort, le cou ne résistera pas. Elle veut bien ramener son petit sacripant dans la fosse, mais pas en pièces détachées, tout de même ! Elle s'arrête et réfléchit pour trouver une solution.

— Va chercher le couteau, Marie-Laurence ! chuchote Grégoire en observant la scène. Va chercher le couteau !

— Hum ! C'est pour couper la corde, Anaïs, pour couper la corde, pas la queue !

— Vas-y, toi, Anaïs, va chercher un couteau dans la tente. Moi, je ne veux rien manquer !

Anaïs se résigne à aller fouiller dans

la tente pour trouver un couteau dans le noir.

Sur le rivage, la mère et l'enfant se regardent : puissance, impuissance et sifflements. On voit même le long cou de maman Memphré en point d'inter-rogation. Quelle symbolique !

Boum ! Un bruit retentissant provient de la tente. Anaïs lâche un cri de mort. Tout le monde est interdit, figé, inca-pable de réagir.

Maman Memphré émet un long sif-flement de colère et de désespoir. Son long cou en point d'interrogation s'étire en point d'exclamation, puis elle se dirige vers le large, dans une eau bouillonnante. Elle laisse son petit qui se met à geindre. Apeurée par le bruit insolite qu'elle a entendu, elle s'enfuit. Mais pour combien de temps ?

***

— Ah non ! la mère du petit s'en va ! fait remarquer Marie-Laurence. Elle a eu peur du bruit. Hé! Anaïs, que s'est-il passé? C'était quoi ce bruit?

Celle-ci sort un peu penaude avec un couteau à la main.

— Je m'excuse, en cherchant le couteau dans le noir, j'ai piqué le matelas pneumatique qui était trop gonflé et je l'ai crevé.

— Je savais bien que tu étais dégonflée, se moque Grégoire. C'est dommage, tu as fait peur à maman Memphré.

— Et elle est partie, soupire Marie-Laurence.

— Hum! sûrement pas pour longtemps, dit Ara. Les mères n'abandonnent jamais leurs petits. Elles préfèrent mourir plutôt que de se résigner à les perdre... Mon GPS! Mon GPS!

Chapitre 12

Papa Memphré
à la rescousse !

Le calme est revenu depuis un moment et les jeunes restent cachés derrière les tentes. Ils n'osent pas s'avancer vers le petit qui s'est mis à se lamenter. Anaïs en est toute remuée.

— Pauvre petit, sa maman l'a abandonné et personne ne veut aller le consoler !

— Ce n'est pas qu'on ne veut pas

y aller, Anaïs, dit Marie-Laurence. As-tu vu sa mère? Elle ne ferait qu'une bouchée de nous! Ça ne me tente pas de devenir la bouffe de la mère Memphré!

— Moi non plus, ajoute Grégoire. D'ailleurs, je suis bien trop maigre!

— Hum! Tu pourrais être un hors-d'œuvre... ou simplement lui servir de cure-dent!

— Que c'est drôle, ah! ah! ah!, Ara, hum! hum! fait Grégoire en feignant de rire. Que c'est...

AAAAARRRRGGGGGHHHHH!

SSSSSSSSSSSSSSSSSSSSSSSSS!

Le sifflement s'est terriblement intensifié. On dirait un tremblement de terre tellement ça vibre de partout. Si les tentes avaient eu des fenêtres vitrées, elles auraient éclaté. C'est papa Memphré qui arrive à la rescousse. Maman Memphré le suit. Elle est allée le chercher pour qu'il l'aide à libérer son petit. C'est son unique rejeton. Jamais le digne porteur de ses gènes précieux ne prendra le train de l'immortalité! Pas question que son avenir n'ait pas de futur! Papa Memphré est vraiment furieux! Il n'a pas l'habitude de se faire déranger durant ses siestes profondes et abyssales. Sa voix forte, caverneuse et enrouée crie sa colère avec toute la puissance de ses poumons et de ses branchies.

***

Ce cri assourdissant, ce mélange de grondement, de rugissement et de sifflement, cloue les enfants sur place. Ils semblent transformés en statues! La peur est à son comble. Ils finissent par se ressaisir et s'éloignent des tentes comme des coureurs de 100 mètres. S'éclairant avec leur lampe de poche, ils cherchent des arbres qui pourraient les abriter. Ils découvrent rapidement des troncs sur lesquels ils grimpent à la vitesse des chimpanzés. Ils s'agrippent aux branches et braquent leur lampe en direction du papa en colère. La panique s'estompe, mais ils soufflent comme des forcenés. Ils sifflent à leur manière, quoi ! Ils se demandent ce que fera papa Memphré. Les faisceaux lumineux des lampes glissent de fiston à papa Memphré.

Oh là là ! Si la taille de maman Memphré était respectable et impressionnante, celle de papa Memphré est... INCOMMENSURABLE ! Quelle allure de mastodonte, quelle stature éléphantesque ! Ara ne peut s'empêcher de cogiter sur son poids et ses mensurations.

« Hum ! Il doit mesurer pas moins de 10 mètres ! se dit-il. Quel colosse ! Il doit peser au moins une tonne ! Quel phénomène ! »

L'agitation au bord de l'eau met un terme à ses suppositions.

Les monstrueux parents sont déter-
minés à sauver leur petit. Ils bousculent
les voiliers sur leur passage et s'avancent
vers leur fiston. Les bêtes sont assez
agiles pour leur taille. On dirait qu'elles
observent avant d'agir. Elles sont fasci-
nantes à regarder. Et effrayantes !

***

Marie-Laurence en a assez de cette
situation dangereuse et interminable.
Le moral d'Anaïs a fini par déteindre
sur elle, mais pas encore sur ses réac-
tions spontanées. Ils ont un téléphone
cellulaire ! Pourquoi ne pas y avoir
pensé plus tôt ? Il suffit d'alerter les
parents qui trouveront bien un moyen
de venir les chercher. Ils viendront avec
l'armée s'il le faut !

— Hé ! Anaïs, chuchote Marie-
Laurence, pendant que les parents
Memphré réfléchissent devant leur
petit, as-tu le téléphone cellulaire
sur toi ?

— Quoi ? Non ! On dormait avant que tout cela arrive et je ne dors jamais avec un téléphone sur moi !

— Où est-il, alors ?

— Dans mon sac à dos, à côté de mon matelas !

Marie-Laurence se tourne vers Grégoire qui écoute les chuchotements.

— Hé ! frérot, irais-tu chercher le cellulaire dans notre tente ? Tu as compris où il était ?

Grégoire a bien compris et fait signe que oui. Il est ébranlé lui aussi par cette aventure. Le téléphone lui paraît un bon moyen d'y mettre fin. Prudemment, il descend de l'arbre et se met à ramper vers la tente des filles. Il rampe comme un serpent sans sonnette et se glisse dans la tente des filles.

Pendant ce temps, les lampes ne lâchent pas d'un électron la famille Memphré. Penchés au-dessus de leur petit, désemparé, papa et maman

Memphré ont encore le cou en point d'interrogation, l'un face à l'autre, formant un énorme cœur au-dessus de leur rejeton. L'amour monstrueux, ça existe ! Même Ara qui filtre tout à travers la raison et la logique est impressionné !

Grégoire a retrouvé le cellulaire et retourne à son arbre en courant à toutes jambes. En passant, il donne l'appareil à Anaïs qui tend la main. Elle le remettra à Marie-Laurence qui est perchée au-dessus d'elle. Pendant qu'elle s'exécute, Anaïs glisse et...

— Ah non ! Non ! Non !...

Elle reprend pied, mais elle échappe le téléphone. L'appareil obéit à la gravité et se fracasse sur un rocher.

— Ah non ! Non ! Non ! répètent les autres comme en écho, sauf Ara qui dirige sa lampe de poche vers le téléphone.

— Hum ! Après mon GPS, au tour du téléphone ! On peut dire adieu au cellulaire et à la communication...

— Comme si on ne l'avait pas remarqué ! coupe Marie-Laurence avec impatience.

***

La réflexion de papa et maman Memphré est interrompue par le fracas de l'appareil et les commentaires des curieux petits aux comportements de singe. Il est temps que ça finisse. Ils ouvrent leur énorme gueule et la referment sur le tronc de l'arbre auquel est attaché le câble qui retient le petit. D'un coup net, franc, puissant et... monstrueux, l'arbre est arraché, entièrement déraciné. En grognant et en sifflant, papa et maman Memphré retournent lourdement dans les eaux noires et fumantes, fiston derrière eux. Les voiliers les suivent puisqu'ils étaient attachés au même arbre.

Le lac est redevenu calme et vapo-
reux. Les eaux ont cessé de clapoter. Les
jeunes campeurs restent aux aguets...

Chapitre 13

Le cauchemar s'achève

Le silence est revenu se mêler à la brume. Le faisceau de lumière des lampes de poche commence à pâlir. On doit se résoudre à les éteindre. Les enfants, tout yeux, tout oreilles, restent perchés sur leur arbre.

— Tu crois qu'ils vont revenir ? chuchote Anaïs.

— Je ne sais pas, répond Marie-Laurence.

Je préfère attendre avant de redescendre.

— Moi aussi, ajoute Grégoire.

— Hum ! Ils ne reviendront pas, déclare Ara. Ils ont récupéré leur petit... et mon GPS ! C'est ce qu'ils voulaient. Ils ne s'intéressent pas à nous. Quelle histoire ! Personne ne nous croira ! Je crois qu'on peut descendre sans crainte.

Il descend, s'agrippe à bout de bras, puis saute au pied de l'arbre. Grégoire hésite un peu, puis fait de même. Les filles préfèrent attendre encore un peu.

***

Sur le bord de l'eau, le mince filet de lumière que projettent les lampes qu'on allume par intermittence permet de constater que les voiliers ont disparu. Un trou béant témoigne de l'emplacement de l'arbre arraché par les géniteurs de Memphré.

La nuit s'achève et le silence règne en maître. Dans la grisaille du matin, on voit un peu mieux. Marie-Laurence et Anaïs comprennent qu'elles peuvent rejoindre les garçons. On ne parle guère. La fatigue est trop grande. Il y a trop de souvenirs, de sons, de formes, de bruits, de sensations à emmagasiner... Il ne reste plus qu'à attendre que les parents viennent les chercher...

***

En voyant l'épaisse brume du matin, les parents s'inquiètent. On dirait qu'un gros cumulonimbus s'est écrasé sur le lac. Il ne vente pas du tout. Les voiliers ne pourront donc pas avancer. Mme Latendresse décide de téléphoner aux enfants. Pas de réponse. Que se passe-t-il ?

***

Le jour est levé depuis quelques heures et les enfants attendent. Grégoire sculpte un bout de bois avec un couteau. Marie-Laurence et Anaïs sont assises dos à dos et cognent des clous. Ara, qui s'ennuie de son GPS, tripote les pièces électroniques du cellulaire qu'il avait récupéré un peu plus tôt.

DRRRRRIIIIINNNNNNGGGGGG!

La sonnerie du téléphone surprend tout le monde. Les filles sursautent et Grégoire a failli se taillader un doigt. Les parents qui appellent? On pourra enfin leur parler. Malheureusement, non. Ara a activé la sonnerie qui s'arrête aussitôt. Le cellulaire a bel et bien rendu l'âme, foi d'Ara. Il est mûr pour la poubelle... pardon, pour le recyclage! Retour à la torpeur et aux gestes machinaux...

***

Teuf! Teuf! Teuf! Un merveilleux bruit s'immisce lentement dans le silence et s'infiltre à travers la brume. On vient à leur secours.

« HOU ! HOU ! Par ici... »

On gesticule, on crie, on saute. « HOU ! HOU !... »

Les enfants s'imaginent qu'on les cherche dans le brouillard. Grégoire sort son sifflet et s'évertue à souffler dedans de toutes ses forces pour augmenter les décibels et se faire repérer au plus tôt.

PFFFFFFFFTTTTTT ! Il pousse tellement fort que le sifflet aboutit dans le lac. Tant pis ! Pas question d'aller le récupérer. Il comprend maintenant pourquoi les Abénakis évitaient de se baigner dans le lac !

On crie de plus belle ; les cris d'Anaïs dominent. Enfin, on distingue un bateau. Papa, maman !

Le cauchemar s'achève...

***

Inquiets de ne pouvoir les joindre au

téléphone, les parents ont décidé d'aller chercher les campeurs avec une chaloupe à moteur. Avec tant de brouillard et un vent nul, ils ont compris que les jeunes ne pourraient revenir par leurs propres moyens. Les parents ne voient pas les voiliers, mais l'heure n'est pas aux explications. Les enfants ont hâte de quitter les lieux. Ils ramassent leurs bagages en vitesse. On résoudra le mystère des voiliers plus tard...

***

En apportant les bagages sur la grève, Grégoire remarque quelque chose de bizarre à l'endroit où se trouvait Memphré fils. Ça ressemble à un morceau de peau ; on dirait le bout de la queue de Memphré.

— Hé ! Ara, viens voir ce que j'ai trouvé ! Memphré aurait-il perdu un morceau de queue en se débattant ?

Ara se penche sur le morceau de peau et le prend délicatement.

— Hum ! Hum ! C'est extraordinaire ! C'est extraordinaire ! balbutiet-il avec une émotion qu'on ne lui connaissait pas. Y a-t-il une glacière dans la chaloupe ?

— Dépêche-toi donc, Ara Z., dépêche-toi donc, s'impatiente Anaïs déjà assise dans la chaloupe. J'ai hâte de m'en aller !

Le bout de queue est soigneusement placé dans la glacière qu'Ara place entre ses jambes. La chaloupe prend le chemin du retour. La petite île disparaît graduellement dans le brouillard, tout comme le cauchemar d'ailleurs. Et dans la glacière, la précieuse relique repose...

Chapitre 14

Que reste-t-il de Memphré ?

La chaloupe vogue lentement vers le chalet. On retourne à des réalités plus familières. Les campeurs, fourbus, restent silencieux, plongés dans leurs réflexions, sauf Ara, qui s'amuse à jouer au capitaine.

— Un peu plus à droite, monsieur Latendresse, nord-est... Ah ! si j'avais mon GPS ! Comme ça... je pense qu'on y arrivera !

L'embarcation ronronne sur le lac encore fumant. La brume se dissipe lentement et le soleil commence à darder ses rayons.

— Hé ! Regardez là-bas, sur la gauche ! s'écrie Marie-Laurence. Ce sont nos voiliers à la dérive !

La chaloupe se dirige vers les bateaux abandonnés.

— Attention ! s'exclame Anaïs, attention, monsieur Latendresse. Allez lentement ! Ils ne sont peut-être pas loin !

La tension a monté chez tous les campeurs. Les nerfs sont à vif. Les tourments de la nuit refont surface. Le ronron du moteur est passé en mode sourdine. On voit de mieux en mieux. La chaloupe s'approche des voiliers. Celui des filles paraît intact, mais le mât du voilier des garçons est brisé et la grand-voile est déchirée. « Il en a bavé ce voilier », pense Grégoire. Il trouve que son bateau fait pitié. Il sent monter en lui une vague de mélancolie et de tristesse. Quelle aventure !

La fatigue, l'émotion, la peur, la joie, la colère, l'impatience, le soulagement, tous ces sentiments se mêlent et l'envahissent ! Ils éclatent à tour de rôle, comme des bulles dans l'âme ! Grégoire sent les larmes lui monter aux yeux, mais il serre les poings et se racle la gorge.

Les voiliers sont attachés à la chaloupe motorisée et seront remorqués jusqu'au chalet. On repart vers le chalet.

***

Anaïs n'a pas mis de temps à retrouver ses habiletés langagières. Elle a tout raconté, en long et en large, sans oublier le moindre détail. Marie-Laurence y a ajouté un arc-en-ciel d'émotions. Le soir, autour d'un feu de camp, Memphré et sa monstrueuse famille ont alimenté la conversation. Les frissons, les silences, les soupirs, les rires, les exagérations se succédaient. On aurait dit que la réalité entrait dans la légende.

Ara, dépouillé de son GPS, a une nouvelle obsession. Il a insisté pour dormir dans la cuisine, tout près du réfrigérateur. Il ne faut pas que la précieuse relique placée dans le congélateur disparaisse. C'est ce petit bout de Memphré qui permettra de savoir à quelle sorte d'animal ils ont eu affaire.

Les vacances se sont poursuivies normalement pendant encore quelques jours. Memphré a fini par ne plus défrayer les conversations. Les taquineries ont recommencé et les bavardages aussi ! On a flâné sur la plage et on a pris beaucoup de soleil, mais la voile et les baignades se sont faites plus rares...

Le mercredi après-midi, M. Zorahbian est venu chercher son garçon pour le ramener à la maison. Il ne faut pas abuser de l'hospitalité des gens ! Il a aussi ramené Anaïs. Les enfants ont promis de se revoir très bientôt !

***

Dans la voiture, Ara a placé la précieuse glacière à ses pieds. Son père est chercheur dans un grand laboratoire scientifique. Il a pris contact avec un organisme renommé qui a accepté d'analyser la structure anatomique et génétique du bout de queue de Memphré. Les résultats seront connus au cours des prochaines semaines.

Ara nage dans le bonheur. Une partie de Memphré repose à ses pieds. De plus, son père lui a offert un nouveau GPS pour remplacer le lunch du monstre marin. Un GPS dernier cri, s'il vous plaît, avec plein de nouvelles fonctions ! Bien sûr, pendant tout le trajet, Anaïs n'a pas cessé de faire tourner son moulin à paroles avec toute la gamme des intonations !

On l'a bien entendue... mais pas toujours écoutée !

***

Quelques semaines plus tard, Ara a reçu une lettre fort attendue.

Paris, le 23 juillet
Institut national de recherche scientifique
Paris
France
Monsieur,

J'ai le plaisir de vous transmettre les résultats d'analyse de l'échantillon de tissu animal que vous nous avez envoyé. Après avoir bien étudié l'échantillon, nos scientifiques ont conclu qu'il était doté d'une structure génétique particulière. En effet, l'analyse révèle que l'animal tient à la fois du mammifère et du poisson. Ces conclusions nous laissent perplexes.

1. S'agit-il d'un cas de contamination d'un tissu par un autre ? Cette conclusion est vraisemblable, mais elle ne suscite guère d'interrogations.

2. S'agit-il de la structure intime et fondamentale d'un animal encore inconnu qui existe réellement ? Si tel est le cas, nous avons affaire à une découverte extraordinaire. Certains parlent même du « chaînon manquant », cet animal inconnu qui ferait le lien entre les poissons et les mammifères. Cette recherche de l'animal de transition découle de la théorie de l'évolution élaborée par Charles Darwin.

Pour l'instant, nous nous arrêtons à la première conclusion. Il faudrait analyser plus de tissus pour aboutir à des résultats probants.

En espérant le tout à votre entière satisfaction, je vous prie de recevoir, Monsieur, mes meilleures salutations.

Professeur Tournedos

FIN